감성시객2
◇ 찰칵!

김재진 제2시집

시음사
시사랑음악사랑

시인의 말

첫 시집 [감성시객]으로
가슴속에 응어리를 토해내고
후련하다는 생각을
잠깐 했었는데...
"시란, 참 어려운 거였구나!"라는
생각에 부끄럽기도 하고, 해서
공백의 시간을 가졌습니다.

봄 여름 가을 겨울을
물끄러미 보내면서
사철의 변이를 핸드폰으로 담고
순간에 감흥을 피력해 보았습니다.

대자연의 위대함에는 삶의 지혜와
철학이 생동합니다.

어느덧,
반백의 세월을 넘어서고 보니,
삶의 매 순간들이
새삼 경이롭습니다.
소소함에도 가치가 있고
행복하다는 사실을...
어렴풋이나마 깨닫습니다.

시인 김재진

* 목차

* 목차

* 목차

1. 퇴근길

구름에 가려진 달빛이 좋네요
이녁이 도심에 머무시나 봅니다
바람처럼 세상을 편하게 관조하니
내 맘 언저리 잔잔함이 흐르나 봅니다

2. 방화범 수배령

하늘가 지평선에서
인간의 욕망이 불타고 있다
큰 산은 방어벽을 치고
바닷물은 수군대지만
기후변화의 주범은 발뺌 중이다

3. 몽돌

볕이 좋은 날은 그냥 즐기면 돼
곧 비바람이 불 테고 혹한도 올 테니
내 안에 나를 깎아 점점 더 둥글어지다 보면
언젠가는,
저 바닷물처럼 내 영혼도 자유로워질 거야!

4. 머위

척척 버무린 머윗대 된장국 입맛 돋우시던
젊은 날에 고운 어머니는 어디로 가시고
그리운 마음만 짓무르도록 무성하구나!

5. 해우소 내전

시골 영감 해우소에서
새벽 기침 소리가 들려옵니다
밤새 거미는 거미줄을 치고
똥파리는 저공비행으로 영역을 경계합니다
문틈 새로는 부지런한 개미들 행렬이
꼬리에 꼬리를 물고 끝없이 이어집니다
이곳, 해우소에 주인은 과연 누구일까요
내심 서로서로 인정하긴 할까요
각자가 터득한 깨우침에 지혜로
제 삶의 방식을 나름대로 구현합니다
봄 여름 가을 겨울 지나고
이듬해 봄까지...

6. 죽어서도 천년

곧게 곧게 살아왔는데
쓰임 목은 아니었구나
어머니가 기다리실 텐데…
아버지가 꾸중하실 텐데…

7. 부부

공동체 우물가에서 수런수런
두레박으로 물을 긷던 시절에
아낙네들 작품으로 추정되는...

8. 향수

귀촌할 집에서 양은솥 걸고 불멍을 때리며
가마솥 걸고 끼니마다 눈물 콧물 흘리셨을
울 아버지의 고단한 삶을 어렴풋이 엿본다

9. 매운탕 집에서...

부부는 음식 맛을 즐기고
연인은 밀회를 나눕니다
부부는 눈빛으로 주고받고
연인은 속닥속닥 귀엣말합니다

10. 산 사람

새소리에 깨고
산야초 둘러보고
유유자적 평온하게 살다가
떠날 때는 봄 여름 가을 겨울
언제 갔는지 모르게...

11. 간이역

한낮엔 생존을 위하여 힘에 부치니
밤에는 핑거푸드에 하우스 와인이라도
한잔할 수 있어야 하는데…
세월이 야속한 탓으로
초저녁부터 새우잠을 청합니다.

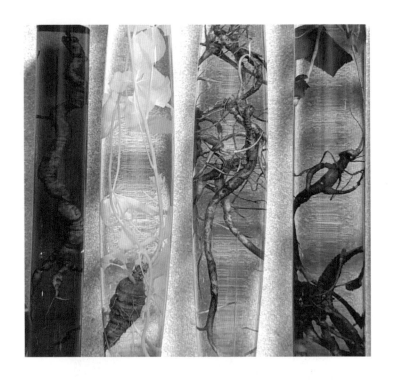

12. 타산지석

본연의 색깔과 신념으로 당당할 수 있었기에
나름에 견고한 자리를 구축하며 공생합니다

13. 목포댁

근자에는 (92세)
큰아들 막내아들 걱정은 한 번도 안 하신다
눈에 안 뵈는 탓이리니...
가끔은 치매 덕을 본다고 여겨진다.

14. 몽당연필

어림짐작해 보이는 게 다가 아님을...
하루하루가 다르게 점점 왜소해지고
볼품은 없어지고 하세월이 안쓰럽지만
흑심이 줄어드니 마음은 되려 가벼워지고
나를 깎아 세상에 전한 말 평이하다지만
사랑하는 마음을 간곡히 담아 보냈으니
몸뚱어리는 어둡길 되어 사그라지겠지만
짐짓 마음만은 화르르 벙글어 피어남이니
뭘 더 그리 바라고 미련인들 두었겠는가
물길도 아래로 흘러가 대해를 이루리니
소소함에도 발상들을 꾹꾹 눌러 담아서는
푸릇푸릇한 것들에 찐 한 행복 전해보리니
이만하면 결판지게 놀다가는 셈 치리네

15. 청출어람

논농사 살뜰히 지어서 배곯지 말고 먹고살라고
귀에 딱지 앉도록 유언처럼 지껄이고 왔거늘...
하늘과 내통해 어딜 갔는지 꼬락서니도 안 뵈고
저리 쉽사리 밥 먹고 산다고 하니 기가 막힙니다.

16. 제주도

창공에 올라앉아 에메랄드빛 화산섬을 보니
종지만 한 맘 그릇이 부끄럽기 짝이 없구나!

17. 백년해로

갓 환갑을 넘긴 할미가 먼저 저세상 가고
할아비 혼자서 십수 년을 넋 놓고 쓸쓸히
하루하루 견디다 지쳐 그만 요절하셨네
무덤가에 제비꽃 한 쌍이 정답게 피었네!

18. 길의 욕망

한세월 모름지기 홀로서야만
푸른 숨 뱉는 활어 섬이 될진대...

19. 기둥들의 넋두리

심연의 생명 줄기를 찾아서
오늘도 꿋꿋이 삶을 밀어 올리는
우리는 주목받지는 못하는 지상의 조연들...

20. 입동 날

죽고 못 사는 동생네와 거나하게 외식하면서
갈빗대 한대 남겼더니 자꾸만 먹으라 하셔서
어머니께 까치밥이라고 우겼더니 웃으시네요

21. 신춘 가로등

저렇게 운치 있는 가로등은 첨 봄
그대는 분명 천재일 거라고 봄
근사한 봄밤이 될 거라고 봄
희망찬 봄이 올 거라고 봄
너와 나의 봄 봄 봄

22. 함박눈 요정

소복소복... 다독다독...
한 해 동안 조마조마했던
상심한 마음들을 위로하려고
천상의 희디흰 정령이 당도했다
세밑 오손도손 행복하도록...

23. 푸른 섬《 회귀 》

바람처럼 떠돌다가도 못내 그리워져
결국에는 네 곁으로 돌아가고야 만다

24. 선연

하멜은 뜻하지 않은 풍랑을 만나
낯선 이국땅에서 고생 좀 하셨지
희미한 정신 줄을 붙잡고 인제야
느지막이, 인생 버킷리스트 도전!

25. 엄마가 늘 그랬던 것처럼...

말간! 가을 햇살이 너무도 아까워서
유년 시절, 고향 집에 처마 밑처럼...
새록새록 한 그리움을 걸어봅니다

26. 덕다리버섯

모진 태풍에 몸뚱어리는 부서지고
바라던 상수리는 물거품 되었지만
남은 삶의 욕망은 이토록 간절하니
푸석한 가슴팍, 열정 꽃을 피웁니다.

27. 망중한

울 아낙네, 바람 쐬러 간다더니
가실 녘 국화꽃과 눈길이 맞았는지...
올망졸망한 여유로움이 재잘재잘 말을 건다

28. 보이는 게 다가 아닌 것이

세상 이치를 아는 놈이 좀 더 일찌감치 붉어지겠고
양지쪽에 자리 잡은 놈이 서너 걸음 앞서가겠지만
한여름 뙤약볕보다는 가을볕에 쉬어감이 어떠한가

29. 본능 상실

새벽 댓바람부터 벌레 사냥은 힘들고
그냥 쉽게 쉽게 뭐 좀 흔하기도 하고
공원 비둘기 형님한테 한 수 배운 거

30. 하늘바라기

한 평이면 족히 말미암는다.
봄 여름 가을 겨울
햇살 바람과 비
그리고 말벗인 새들...

31. 풀꽃

얼마나 가슴앓이하면 저토록
고결한 꽃망울을 터트릴 수 있을까
얼기설기한 전설들을 자양분 삼아서
언 땅을 뚫고 올라오는 저 강인하고
독보적인 자태가 가히 경이롭다

32. 쓰임 목

아가들아, 너무 슬퍼하지는 말아라
청송으로 승승장구한 지도 어언 삼십여 년
내일을 장담할 수 없음을 개탄 허리나
하루하루가 신산해도 엇구뜰하다

33. 틈새

너희가
아무리 괴롭혀봐라
쑥쑥! 쑥인들 주눅 들더냐?
세상사 아무리 각박해도, 틈새는 있더라.

34. 작두콩

무엇에 쓰는 물건인고...

신종 유전자 변이인가
판관 포청천의 부활인가

모쪼록, 코로나19가 활개 치는
혼돈한 세상을 평정하라.

35. 더부살이

울 공장 콘크리트 바닥 귀퉁이 난간에
생뚱맞게도 두 그루에 나무가 자라납니다
미관상 나쁘지도 않고 해서 당분간은
아슬아슬한 상생을 모색합니다

36. 베르가모트(bergamot)

장맛비에 짙푸름이 절정으로 치닫는 화단에는
유독 짙은 붉은빛으로 벌과 나비들을 유혹하는
인디언 장식 같은 이국적인 꽃잎이 피었습니다
고향 할멈 느릿해진 눈길마저도 사로잡습니다
낯설지만 새로운 꽃물결과 공생을 모색합니다

37. 명당자리

대대손손 명당이 따로 있나
풍수지리는 더더욱 잘 모르겠고
척박해도 견뎌내면 명당이지
사는 게 거기서 거기 아닌가
또 한 철 간지나게 살아보자고

38. 예견

귀밑머리 하얘지니, 싹수가 짐작이 간다
아주 여린 친구에게 해맑간 추파를 보내는
봄 햇살의 따사로운 눈길이 사랑스러움에
구름밤 폭풍우의 시련을 견뎌야 하겠지만
함박꽃 한 아름드리 피우리라는 걸 믿는다

39. 윤슬

높다랗디 청명한 창포 빛에
하늘나라 천사표 햇살들이
선선한 바람 타고 내려와서
에메랄드빛 호수에 목욕 중

40. 영웅담

터줏대감이란 말 다들 알지 이 자리서
한 백년쯤 해마다 봄철에 목련꽃 피워
나름 밥값 하며 살았다고 자부하거든
두고 보자니 눈에 거슬리고 자르자니
양심에 가책을 느꼈나 봐 뭐 대충 그래

41. Apt 정원

대자연의 섭리와 이로움을 깨우치는
건축 설계사의 창의적인 지혜로움과
하늘 햇살과 바람과 비의 조화로움이
오랜 기간의 완숙미로 다져진 결정체

42. 지하 마트 가는 담벼락에는

사는 게 다 그렇지
아슬아슬해
잘 봐주면 좋고... 여하간에
눈 질끈 감고 부딪혀 보면

43. 오십 고갯길에서 내려다보이는 수채화

살만한 곳에는 자투리땅일지라도
아웅다웅 어깨 쌈으로 분투하지만
자유로워질 생각들이 피어남이니
이내 상생의 어울림을 완성합니다

44. 대나무숲

늘 자유로운 바람이 세상의 온갖 시끄러운 소식들을
잠잠할 만하면 흔들어 깨우고 조곤조곤 전해주지만
대숲은 마음을 비우는 도량이기에 괘념치 않는다네
세상일 귀담아듣지 않으려고 곧게 곧게 휘어 보이네

45. 산나리꽃

살얼음판 디뎌가며 서둘러 온다고 왔는데
인기척 일도 없는 두메산골 뙤약볕이라니
오매불망 그립고 그리운 임은 오간 데 없고
제 홀로 애간장 녹여 푸르름을 불사르리니
짙은 여인의 향기가 후줄근히 사그라지네

46. 생존 전략

벌과 나비를 꿀로 유인하라

사람들에 환심을 사고 기쁨을 줘라

목적을 위해서는 희생이 뒤따르기 마련이라

우리의 의지로 근원을 지켜야 한다

뿌리의 성장은 종자 전쟁의 보루이다

47. 제비꽃

비좁은 바위틈 시려온 얼음장 속에서도
간절한 삶의 열망이 얼마나 치열했으면
이른 봄 저토록 눈물겹게 피워냈겠느냐
양지바른 보랏빛이 차마 화려하지 않게
수수하니 다소곳한 내 누이 같은 꽃이여

48. 쌀밥 꽃

봄 햇살에 한껏 푸르른 잎사귀
팝콘 터지듯이 흐드러진 꽃잎
울 할멈 웃음꽃이 풍년이로세

49. 동행

무상한 세월 속에 종자 번식을 위해서는
자기만의 색깔로 경쟁은 불가피하지만
서로를 의지하며 알콩달콩 살아갑니다
지난 경험치로 공생의 지혜를 알겠기에

50. 편견

단풍이 물든 걸 보니, 늦가을 같기도 하고
초록 잎사귀 무성하니, 초여름 같기도 하고
어찌 다름이 함께 공존할 수 있게 된 것인지
유전자 변이를 접목한 현자의 작품인 건지
화창한 봄날에 벙그는 트집이 화두로구나!

51. 천마 한 쌍

모든 게 떠나버린 암울한 시기에 만나
혹독한 추위와 시련을 함께 견뎌왔고
은혜로운 봄볕을 만나 잠시 꿈을 꿨습니다
좋은 날 한 시에 더 큰 쓰임이 있다고 하니
무상한 무위자연으로 되돌아갑니다

52. 자두꽃

지난봄엔 세상 물정 몰라 꽃을 못 피웠지만
혹한의 겨우내 고적한 자아 성찰이 있었기에
넉넉한 봄볕에 화르르 새 희망을 터트렸지요
여름밤에 짙푸른 꿈들을 주렁주렁 퍼 올려서
그대의 입안에 침샘이 고이도록 하겠습니다

53. 꿈꾸는 대로《호박 고구마》

지난겨울 식료품 마트에서 널 처음 만났지
가격도 상한가에 맛도 물론 최상품이었지
너의 우수한 품질과 충분한 자질을 믿기에
곧 귀촌할 텃밭에 파종하기로 마음먹었다
무럭무럭 자라서 또 한철 행복하길 바란다

54. 살아있네

땅 밑에 뉘가 있길래... 저토록 강인한
싱그러움을 밀어 올릴 수 있단 말인가
한 생명이 질기게 살아 숨 쉰다는 것은
끊임없이 탐구하고 멈추지 않는다는 것

55. 바닥을 쳤지만…

별안간 태풍에 쓰러졌지만 개의치는 않으리라
올곧은 형제들은 점차 쓰임 목으로 베어질 테고
어둡길 궁싯거리다 시나브로 갈맷빛 오르리니
산중 지킴이로 저분 저분이 천년만년 살리라

56. 해바라기

훤칠하게 생긴 것도 그렇고
한 곳을 바라다보는 것도 그렇고
여지없는 동문일세. "이제나저제나"
동틀 녘 댓바람에 누구를 기다리시나

57. 해후

자븐자븐 서럽게 타들던 이녁의 향기가
몽환적 사랑으로 사붓사붓 피어오르다
푸른 봄 녘에 한 떨기 꽃으로 피어나면
한 생의 인연으로 당신 곁을 따르렵니다

58. 낮달

밤하늘을 밝히는 객주의
망중한 일탈
갈맷빛 창공에서 반신욕을 즐기는
여행자 신분으로
말간 햇살 만땅 충천 중

59. 긍정적인 사고방식

담벼락 난간에 무거워지는 몸 걸터앉히고
한여름 작달비에 밑둥치 씻겨져 개운하니
거꾸로 매달린들 누런빛에 가을이 물든다

60. 고향 집 민들레

누굴 기다리는가
아 참, 내 정신머리 좀 보소
무릇, 그러하겠다.

61. 제비꽃

봄은 땅 밑에서 온다더니...
너를 두고 한 말이었구나!
수줍어하는 앙증맞은 자태에
제비 오라비들 한시름 놓겠다

62. 종자 전쟁

해바라기 씨가 전생에 나라를 구했는지
까마득하게 종자를 번식시킨 것 좀 보소
태생 무른 종자가 거뭇거뭇해졌다는 것은
거친 세파에 온갖 우여곡절을 겪었다는 것

63. 뒷걸음질을 쳐보면

나는 네가 지난여름에 한 짓을 거즘 알고 있다
작열하는 태양을 사모하여 몸뚱어리를 키웠고
소낙비에 더워진 몸통을 오롯이 맡겼다는 것을
누군가에게 알몸을 내줘 갈증을 해소하게 했고
끝내는 종자를 남겨서 변이를 모색한다는 것을

64. 첫! 수확

흥! 쳇! 웃지들 마세요
나름대로 최선을 다하고 있네요
당신들에게 처음은 어땠는지요
피차일반일 듯하오만,
처음 겪는 일이란 게 좀 부끄럽긴 해도

65. 산도라지

겨우내 혹독함도 무던히 견뎌내고
산중에 혼자라도 이질감 삭혀가며
나 홀로 유유자적 자유롭게 살지요

66. 꿈꾸는 나무

반려의 마음들이 불쑥불쑥 다가섭니다
사철, 관심과 사랑으로 쑥쑥 자라납니다
더우면 더운 대로 추우면 추운 대로...

67. 부모 마음

한 뱃속에서 나왔지만
성장 속도는 다르겠지만
울 꼬맹이들 너무 걱정은 말렴...
엄마 아빠는 늘 기도하고 사랑한단다

68. 고인돌

대문은 열어두고
주인장은 열반에 드셨나
풍화의 조화 속에
비움이 마땅하리니
이내 시름이나 덜고 감세

69. 회자정리

구름도 모여지면 빗물로 낙수 되고
나뭇가지에 이파리도 꽃잎도 과실도
한 해를 못 넘기고 제 갈 길을 가누나
세상에 그 무엇도 영원할 책략 없으니
매 순간들에 엇구뜰하다면 그뿐인 것

70. 꿈꾸는 자화상

몽롱해져 우물 수렁으로 빠지는 것인지
동녘 들창을 두드리는 이른 새벽 여명에
만삭의 씨암탉이 밤새 산란한 유정란과
볼 빨개진 국광에 들꽃 우린 차를 마신다
수염은 며칠째 속여먹는 모사군 추임새고
눌린 머리는 밤새 시달린 불여시 모양새라
각설이 패나 줄까 하던 낡은 옷가지 껴입고
땅속 깊숙이 동면하는 산야초 만나러 간다

71. 능이

추구월, 넉넉한 산자락에서
휘영청 한 보름 달빛을 품은
함박웃음 가족이 모여 삽니다

72. 보호 본능

품은 게 있는 어미들은
앙칼지게 날카로워진다는
알곡을 품은 저 잎새들 좀 봐
거대한 숲에서 오는 변수들로부터
뾰족한 피뢰침으로 날을 세우네

73. 칠석날에

너도 무척 힘들었지
나도 만만치가 않았다
너와 나 신산해도 여봐란듯이
매년 이맘때 해후하자

74. 강소주에 여름밤이 깊다

늙으신 어머니를 요양원에 모시려니
지랄 남동생이 그립고 형님도 그립고
작달비는 퍼붓고 딱히 할 일은 없고

75. 맷돌 호박

뜻이 있는 곳에 길이 있다는
대자연의 실존 철학자가 보인다
햇빛과 비바람이 동조했을 테고
밤하늘에 별들이 응원했으리라

76. 꽃무릇

모다깃비 쏟아져 귀뚜리 소리 청아하니
어찌 그리도 맘이 바쁘더냐?
겹저고리도 못 걸치고... 어이구
붉디붉게 간드러진 꽃술에 자지러지겠다

77. 성장통

물들어 간다는 것은
철이 들어간다는 것이고
이제는 이해할 수 있다는 것이고
마음 한구석이 단단해졌다는 것이다

78. 소인배와 대인군자

상추야! 작은 덩치로 어떻게 늦가을까지 버텼냐
배추 형님도 참 딱하시우 그냥 나처럼 해보시우
봄부터 잎사귀를 한두 잎씩만 적선하면 살아지우
통 크게 한방에 준다고 뉘라고 딱히 알아줍디까
내년부터는 찬찬히 즐기면서 살아보세요

79. 도전 정신

뭘 그리 봐요
첨 봐요
나름, 최선을 다하고 있네요
비록 결과는 장담 못 하겠지만
끝까지 오르려고 합니다

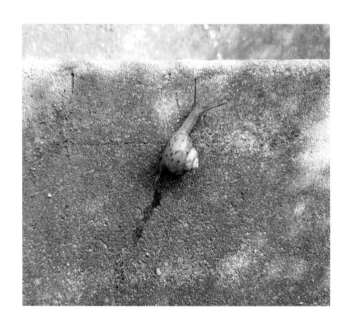

80. 불두화

연둣빛 꽃등 헤살 거리다
새하얀 꽃숭어리 곱슬곱슬 여울지다
가실 누런빛으로 저물리다

81. 어둑발 인생

가엾은 우리 어매 어매
올해로 구순을 넘기셨나
이 못난 자식을 위해 죽기로 사셨나

엊그제 같았던 덧없는 인생살이
허리는 굽고 귀밑머리는 하얘진다네
이 마음은 늘 그 마음이었거늘
세월은 속절없이 황혼길로 접어든다네

가엾은 더부살이 보이는 것만 믿으리니
어매나 나나 아련하게 부서진 몸뚱어리
죽어라 살았어도 근심만 쌓여가네

지나고 보니 되짚어 보니 씁쓸해지는
우리네 인생살이는 어둑발 인생이어라

82. 선연

신산한
세상살이
풋풋한 인연으로

늘 봐도
부담 없고
웃음꽃 훅 벙그는

가없고 미더운 이가
당신이고 나이길...

83. 대추

싹수 푸릇푸릇한 것이 참 대견하다
삼복더위에 뜨거운 태양을 삼켜라
육신이 온통 붉게 붉게 붉어지도록
가실 들녘이 낭창낭창 휘어지도록

84. 감나무

지지리도 고생하더구먼.
결국에는 감을 잡았구나!

긴 겨울 견디고, 나른한 봄, 여름날에
변덕스러운 사선을 넘어서...

85. 사노라면

내일을 어느 정도 짐작할 수는 있지만
그 뒤도 장담하거나 잘 알 수는 없나니
하루하루 정해진 일정에 최선을 다하고
능력치 안에서 집중하며 진솔하게 살자

86. 충분조건

초목으로 움막집을 짓고
주먹도끼와 불씨 하나면
혹독한 겨울도 문제없던...

87. 공중전화

거리두기로 인해 불경기라고는 하나
줄을 서기는커녕 덩그러니 혼자라니
굼뜨긴 해도 마음만은 매양 청춘인데...

88. 희망 사항

갈맷빛 우주선과
평화적인 교신 중
공존 상생의 조우

89. 매운탕 집에서

어머니는 생선 대가리를 무척 좋아하셨어
좋아하셨어, 갈 때마다 유독 좋아하셨어
어느새 아이들과 매운탕 집에 가게 되었어
되었어, 생선 대가리가 나도 맛있어졌어
맛있어졌어, 그래서 눈물이 찔끔찔끔 났어.

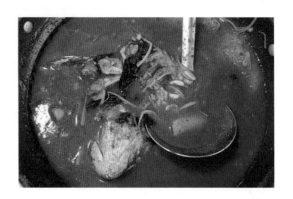

90. 미완성

무릇, 너무 서두른 건 아니지
살다 보면 그럴 수도 있단다
때아닌 비바람에 바닥을 치기도 하지
그런대로 이쁘니, 주눅 들지는 말렴

91. 전화위복

꼬질꼬질한 일상이었는데...
어퍼컷 한 방에 혼절하고 보니
삐까뻔쩍 뺀질이가 되었네
인생은 알다가도 모른다는

92. 내 생애에 최고의 순간

파르라니 볕이 좋은 따사로운 봄날이었지
누군가의 출발을 진심으로 축하해 주던 일

93. 전깃줄에는

어떤 구구절절한 사연들이 타전되고 있을까
내가 알았던 수많은 사람은 어찌어찌 지낼까
나처럼 새록새록 한 옛일을 회상하고 있을까

94. 단풍

피는 순서 있어도, 물드는 순서 다르고
낙엽으로 지는 순서 다르다네
그런들 무에 그리 소용되던가
한세월, 어울렁더울렁 살다가 모름지기

95. 헌신

쓰임을 다하고 나면 훌훌 떠날 수 있는
홀가분한 자유로움을 만끽하리라

96. 인생길

인생이란 바다 위에
애써 길을 내보지만
금세, 흔적도 없이 살아질 것을 알지만
그래도 가야 할 길이기에...

97. 산삼

무얼 위해 죽기로 살았나 싶지만
매 순간순간들에 얼마나 절실했는지...
이녁의 자태가 그럴듯하잖소

98. 하수오

작정하고는, 깊은 산속에서 십수 년간
맑은 공기에 맑은 물만 먹고 살았지요

99. 모녀 가족

엄마는, 너 하나 보고 죽기로 살아왔는데...
제법 웃자라고 참하게 커 줘서 참 다행이다.

100. 부조화의 조화

서로의 여백을 메꿔주는
삼복더위에 바위 오름이
편한 게 내뱉는 숨결이

101. 이정표

하릴없이 서 있기만 하다는
상실감에... "주눅 들지는 말렴"
고단한 뱃머리엔 안도감을 준단다.

102. 공존

폭염 속에 폭우를 견뎌내는
바닷물의 경계 신록의 경계

103. 옥수수 자매

금발의 아가씨들이
시골집에 온 걸 보니
엄마 손맛이 그리웠나 보군

104. 비비추꽃

멀리서 보고 꽃인가 했더니만
가까이 보니 절실함이었구나!

105. 무궁화

붉디붉어진 숨비소리가
온 누리에 화르르 번져나가
잇따르는 푸른 물결은 번성하리라

106. 고향길

비포장길 섶 하늘하늘 수줍어하던
코스모스 아가씨들은 오간 데 없고
낯선 금계국이 장사진을 치대 논다

107. 편견

기존의 틀을 깨는 유전자 변이로
한동안 정체성의 혼란은 겪었지만
누가 뭐래도 어엿한 장미입니다

108. 오월의 장미

죽어도 좋을 만큼 햇살 좋은 날에
긴긴 어둠 속 인고의 터널을 지나고
모진 비바람과 격랑의 파고를 넘어서
최고의 해 오름으로 와 주었구나!

109. 빈 농가

늙은 노부부는 요양하러 갔는지
한갓진 지붕 위에 홍시만이
아침 햇살을 즐기고 있다

110. 자귀 꽃

울 아버지는 누렁이를 엄청나게 좋아하셨고
암누렁이는 자귀 꽃을 무척이나 좋아했다네
소싯적 추억에 잠겨서는 빙그레 웃음 짓네!

111. 이팝나무 가로수

푸릇한 이파리 옷단에 함박 눈꽃이 풍년이로구나
연로하신 어머니 쌀밥 걱정은 살포시 더시겠구나
네가 내뿜는 숨결에 이 청맹과니 살 것만 같구나!

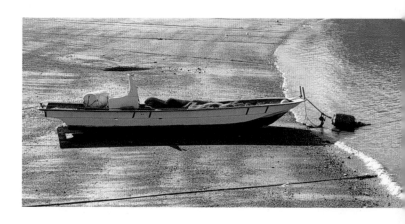

112. 통통배와 늙은 어부

세월에 무게감을 견디지 못하고
진부한 영웅담만 되뇌고 있구나

113. 동복의 형제들

"뭉치면 살고 흩어지면 죽는다."
조선 시대도 아니고 뭔 소리냐고
작은 의로움도 뭉치면 강해지리라는

114. 산과 산정호수

높은 산은 군더더기 말이 없고
산정 호수는 제멋에 살아갑니다
계절이 오는 산은 변이를 너그러이 품고
산정 호수는 물끄러미 그 풍경을 담습니다

115. 천생연분

그냥 스치듯이, 언뜻 보면 이질감인데...
막상 부딪혀 보면 정말 환상 호흡입니다.

116. 해바라기

눈에 보이는 게 다가 아님을
누누이 역설하지 않아도
먹구름이 몰려와 병풍을 친들
심안으로 인도하심을 믿고
신산한 길을 꿋꿋이 따라갑니다

117. 가랑잎새

제 잘난 알곡들은 모두가 떠나갔지만
잘난 알곡들을 떠받들던 가랑잎새는
찬바람에 기진맥진한 어미가 상심할까
어미 곁을 지키며 기꺼이 밑거름됩니다

118. 동행

비록, 빈민가에서 태어났지만
맘 벗이 있어서 참으로 다행이다

119. 산삼

바람에 흔들리고 비에 젖어도
사구 오 옆의 싹 대는 기품 있게
한 치 흐트러짐 없이 견실해야
최고 산야초의 경지에 오릅니다

120. 리턴 〈 수학여행 〉

　새벽을 가로지르는 자명종 소리에 새우잠을 깼다. 창문을 열자 쏟아져 들어오는 새벽 공기가 봄이라지만 아직은 찬기가 서린다. 주섬주섬 옷가지를 챙겨 집을 나서는 모양새가 어색하고 추레하지만, 기분은 좋다.

　마지막 교복 세대로서의 수학여행지를 강원도 설악산을 거쳐 경주 불국사로 갔었다. 까까머리 사춘기 소년들이 이제는 머리 희끗희끗한 중년의 아버지들이 되어 있다. 처자식 건사하느라 눈가에는 잔주름이 자리했고 그나마 어느 정도 마음이 여유로워진 친구들이 리무진 버스에 졸린 눈을 비비며 오른다.

　낯익은 반가운 얼굴들도 보이고 생전 첨 보는 타관바치들도 눈에 띈다. ㅋㅋ 악수를 청하고 근황을 묻고 잠시 적막이 흐를 즈음 금강유원지에 도착해서 후배들이 챙겨준 김밥 한 줄과 뜨끈한 국물로 벤치에 삥 둘러앉아 출출한 시장기를 속인다.

학창 시절 흑백 사진첩을 뒤척이다가 밤잠을 설친 나른함과 포만감에 한숨 자려 했더니 소모임으로 나름 친해진 녀석들이 손짓, 발짓하며 버스 맨 뒤 칸으로 오라고 아우성친다.

이크~ 식당 하는 녀석이 홍어 한 마리를 무쳐 왔다. 일 년이면 한두 번 해볼까 말까 하는 새벽 건배를 주거니 받거니, 하다 보니 얼큰하게 취기가 오른다.

참~ 일탈이란 게 이래서 좋은가보다. 힘든 삶에 현장에서 벗어나 동이 터오는 새벽녘에 동문 학습한 벗들과 지나온 삶에 고단함을 안주 삼다 보니 어느새 리무진 버스는 경주시가지로 들어선다.

천년고찰 불국사에 도착하니 왕벚꽃이 흐드러지게 피어나 울긋불긋한 인파들의 행렬과 어우러져 일대 장관을 이룬다. 와~ 자르르한 한 폭 병풍이다. 천년고찰은 세월 탓인지 일부 수리 중 이어서 조금씩 삐그덕거리는 모습이 우리네 육신과 도긴개긴 닮아 보인다. 절벽에 새겨진 단청이 천년에 세월을 버텨내느라 군데군데 낡았지만 그래도 고고함은 잃지 않았다.

누군가 절에 가면 뒤뜰을 살펴보라고 했다. 절 주인에 단아함을 엿보인다. 깔끔하게 정돈된 뒤뜰엔 고목이 꽃을 피워 정겨움을 더한다. 절 뒤뜰 장독대에는 어느 임이 쌓았는지 돌탑이 장관이다. 연신 흔적을 남기느라 울 동기들은 사진 담기에 여념이 없다. 그 모습이 각박한 세월을 지탱해온 아버지들이 아닌 사춘기 소년들처럼 들뜬 모습들이다.

일정에 맞추느라 아쉬움을 뒤로하고 감포 횟집에 여장을 푼다. 신선한 횟감과 각종 해산물에 낮술 한 잔 안 할 수가 없다. 짓궂은 녀석들이 가만히 놔둘 리도 없다. 건배하고 오랜만에 만난 친구들과의 어색한 거리를 궁둥이 바싹 당겨 좁혀 본다.

무령왕릉 산신제가 엊그제 있었다고 한다. 제물로 바쳐진 10마리 소와 돼지가 시선을 경악게 한다. "스케일이 장난이 아니다~ 역시" 무령왕릉 바닷가에서 부서지는 파도 소리에 귀 기울이니 그간 쌓였던 스트레스가 줄행랑을 친다. 넘실대는 파도 소리와 갈매기 푸듯 나는 풍경을 뒤로한 채 첨성대로 향했다.

어마어마한 유채꽃밭이 한눈에 들어온다. "또 한 번 장관이다." 꽃밭 사잇길로 사진 찍는 사람들에 물결 ~ 삼삼오오 어우러져 웃는 입꼬리에 행복이 담긴다. 와~ 엄청난 왕릉들 그 앞에 펼쳐진 드넓은 공원 그간 답답했던 체증이 한방에 뻥 뚫린다.

저뭇해질 무렵 근처 막국수 집에 들러 저녁 요기를 마치고 리무진 버스에 오르니 종일 참았던 봄비가 촉촉이 거리를 적신다. 잠깐에 일탈이었지만 너무나 기분이 좋다.

인생 뭐 그리 대단한 게 있다고 이런저런 걱정에 일탈은 꿈도 못 꾸고 사는 뭇 친구들이 아쉬움으로 다가오는 저녁이다.

유수처럼 흘러가는 무상 섶 세월에 가끔은 벗어놓고 내려놓고 살자. 오늘이 내 생에 가장 젊은 날이다.

※ 남대전 고등학교 8기 추억 여행

강성시객2
◇찰칵!

김재진 제2시집

2022년 11월 23일 초판 1쇄
2022년 11월 25일 발행
지 은 이 : 김재진
펴 낸 이 : 김락호
사 진 : 김재진
디자인 편집 : 이은희
기 획 : 시사랑음악사랑
연 락 처 : 1899-1341
홈페이지 주소 : www.poemmusic.net
E-Mail : poemarts@hanmail.net

정가 : 12,000원
ISBN : 979-11-6284-409-0